보고 싶어도 보고 싶다 말하기

어려운 사람들에게.

이 책은 2022년 2월 22일에 초판 1쇄로 태어났습니다.
세상에 처음 등장했을 때 만났던 독자님들께서 이 책의
추천사를 써주셨습니다. 미래의 독자를 향한 메시지를 먼저
읽어보신 후 1부로 들어선다면, 조금 더 깊이 감상할 수 있을
것입니다.

혐오와 차별이 난무하는 세상에서, 휘둘리지 않고 정진할 수 있도록 길잡이가 되어준 책이다. 부디 당신에게도 이 책이 길잡이가 되어 함께 행복하고 건강하게 살아갔으면 한다.

헤메일 때마다 들여다보는 독자

요란하지 않고, 군더더기 없이. 간결하고 또 부족함 없이 나열된 글귀 하나하나가 한 꺼풀 보호막이 된 것처럼 따뜻하게 보듬는다. 작은 책 하나를 이동하는 발걸음마다 함께하게 되는 이유다. 책 속에 완연하게 여물어 있는 단어들의 조합이 너무 벅차올라, 시옷 모양으로 덮은 후 한참을 멍하게 있게 된다. 책 뒤표지 바코드 위에 기록된 문장 속 헛된 말이 하나도 없다.

박정선

어떤 글에는 지나간 어제와 지금의 오늘과 지나갈 내일을 품고 있어서, 그 순간을 마주할 때마다 나는 책의 모퉁이를 세모꼴로 접어놓는다. 마음이 꾸깃꾸깃 구겨질 때, 언젠가 접어놓은 그 모퉁이를 펼쳐 지금의 순간을 잘 다릴 수 있도록. 지금의 행간을 펼쳐 읽어낼 수 있도록.

그래서인지 이 작은 산문집의 모퉁이는 온통 접은 흔적으로 붕 떠 있다. 나를 나로 붙잡는 것들로부터 멀어져 붕 떠 있는 나를, 나의 땅으로 도로 가라앉힐 글마다 그 한 편을 접었으니까.

한정된 질량과 크기를 지닌 내 생의 연료들을 허투루 쓰고 있는 것 같아 소리 없는 울음만을 토해낼 때. 나와 다른 데시벨의 소리들 속에 파묻혀 나를 발화할 용기를 내지 못할 때. 지키고 싶고 지켜야만 하는 소중한 것들을 등지고서 침잠하고 싶지 않을 때. 그때마다 이 짧고도 고요한 글들을 다시 펼치고 싶다.

다인

편집자는 글의 공간을 뛰어넘는 사람들이다. 그런데 구슬기 편집자는 글의 공간뿐만 아니라 자신의 영역까지 뛰어넘어 작가로 거듭났다. 이번 책은 타인의 글을 쉽게 사랑하고 어렵게 미워하며 고쳐가던 편집자가 작가로 변모해 내놓은 첫 작품이다. 애정 금리, 이기적인 숨, 용감한 가재, 유한 에너지 등 작가의 단어 다루는 솜씨에 놀라다 보면 이 책을 쉽게 사랑하고 어렵게 천천히 읽고 싶어진다.

굿독자

장마철에 한 빨래는 자칫 잘못하면 쿰쿰한 냄새가 밴다. 냄새를 지우려고 다시 빨고 널어 말려보지만 역시나 그대로일 때가 많다. 시절과 인연도 마찬가지 아닐까. 한 사람분의 마음을 미처 소진하지 못한 채 인연이 지나간 후에는 어김없이 내 계절에 우기가 찾아오곤 했다. 그런 일이 지겹도록 반복되는 중에 구슬기 작가의 책을 만났다.

추스르고 다듬어진 글의 어떤 행간에서 느닷없이 내가 읽힐 때가 있다. 이 책이 그랬다. 책을 읽다 보면 지나간 관계들이 남긴 자국도 기꺼이 '나'로 삼는 구슬기 작가의 다음 걸음이 궁금해진다. 장마가 한창인 사람에겐 쿰쿰한 마음을 곁에서 감내해 줄 인연도, 같은 시각 어딘가에서 나와 마찬가지의 우기를 겪어내고 있을 이름 모를 누군가의 존재도 간절하다. 이 책은 아마도 꼭 그럴 때 찾게 될 것 같다.

1부

2부

3부

4부

글 뒤의 장면들

소나기가 멈추면

원래 가려던 길로 떠나는 사람들처럼.

1부

가만히 마를 때까지

그리움을 손으로 만질 수 있다면 아마도 올리브 유 같은 게 아닐까. 스며들지도 않고 쉽게 마르지 도 않아 자꾸만 손으로 비벼댈 수밖에 없는 질감. 그러다 도저히 안 돼 셔츠 자락에라도 닦으면 진 하게 자국이 남겠지.

씻어내려 해도 마찬가지. 더운물을 부어도 영 사라지지 않고 오히려 더 미끌거리겠지. 그렇게 지치고 서글퍼서 이걸 평생 안고 가야 하는구나 싶을 때, 어느 날 손은 말라 있을 것이다. 이곳저 곳 다른 손과 다른 물건을 만지며 기름때가 조금 씩 나누어졌으니.

손끝에는 기억과 향기만 남는다. 그렇게 애써 지워내려 하던 때도 있었지 생각하며 손을 다시 비벼본다. 예전처럼 진한 향은 없지만, 향이 있었 다는 기억은 남아있다.

그러니 굳이 애쓰지 않아도 된다. 마른 햇볕
에 내어놓고 가만히 기다리면 곱게 말라 있다. 손
이든 마음이든.

애정 금리

소나기 소리를 다정히 들으며 누워있던 밤이 있는가 하면, 소나기 소리를 방음벽 삼아 열심히 목청을 높이며 다투던 때도 있었다. 이러나저러나 연이 툭하고 끊기고 나면 모두 아픈 기억이 된다는 게 손해만 보는 일 같다.

그럼에도 불구하고 나는 영영 연의 맺음과 끊음을 그만두지 못한다. 통장 잔액이 채워졌다 비워졌다 반복하는 것처럼 내가 가지고 있는 애정도 수입과 지출을 반복할 것이다. 그러다 보면 포인트도 쌓이고 신용등급도 올라가고 그러는 거지 뭐. 쌓인 포인트로 선물도 사고 오른 신용등급으로 큰마음도 대출하고.

시간 여행을 끝낸
그림자와 영혼이 돌아오면

소중했던 사람과 자주 가던 가게의 쇼윈도를 지
나칠 때마다 발걸음을 천천히 늘이게 된다. 가게
안에서 웃고 떠드는 사람들을 보면 그때의 우리
가 생각나고, 나는 또 그 시절의 모습으로 돌아가
당신 앞에 마주 앉아있다. 몇 발자국 안 되는 그
거리 안에서 몇 달 전, 몇 계절 전, 몇 년 전으로
속절없이 시간 여행을 하게 되는 것이다.

그렇게 집으로 돌아와 벽을 바라보고 눕지만,
그림자와 영혼 따위는 아직도 쇼윈도 앞을 서성
거리고 있어 껍데기만 남은 기분이다. 시작되는
질문과 후회. 그때 우리는 왜, 라는 뻔한 전개의
서사를 곱씹어봐도 결론은 똑같다. 우리는 서로
멀어질 수밖에 없었다는 것. 이 결론까지 도달하
면 쇼윈도에 묶여있던 것들이 돌아와 있고, 마침
내 잠에 들 수 있다. 비록 창가는 푸른빛으로 물
들고 있더라도.

데시벨

말수 적은 아이들이 웅변 학원에 모이고, 세상을 뒤집을 듯 활발한 아이들이 바둑 학원에 모였다. 나는 당연히 웅변 학원 아이들 중 하나였다. 울음으로 보채는 일이 없어 육아는 편했지만, 학교에서조차 말을 하지 않는 나를 엄마는 몹시도 걱정했다.

내가 다녔던 웅변 학원은 가벽으로 교실을 구분 지어놓았다. 그래서 옆 반 웅변 소리가 벽 너머로 침범했다. 선생님은 항상 옆 반 소리가 들리지 않을 정도로 또렷하고 크게 연설하라고 했다. 선생님의 다그침과 달리 내 목소리는 옆 반 소리보다 작거나 비슷했고, 학원을 나서는 나는 늘 지쳐 있었다. 학원에서 나를 포기했을 때 기뻐서 외친 소리가 아마 내 인생 통틀어 가장 크지 않았을까. 성인이 된 지금 상태로 그 학원에 다시 보내져도 나는 옆 반 아이들보다 크게 말할 자신이 없다.

어떤 것들은 노력만으로 되지 않는다. 노력이 꼭 보상을 안겨주리라는 확신은, 노력으로 운 좋게 재미를 본 사람만이 외칠 수 있는 특권이라 생각한다. 때로는 노력이 배신도 하고 되레 나를 비웃기도 한다.

웅변 학원에서 나를 포기했을 때, 노력이라는 이유로 또 다른 웅변 학원에 보내졌다면 나는 하루에 한 글자만 말하는 사람이 됐을지도 모른다. 누구든 자기 몸에 꼭 맞는 데시벨이 있다.

이해와 어른

이해하려 할수록 이해하기 힘든 것들이 쌓여가고,
그것들에 더는 물음표를 붙이지 않게 될 때
점점 시시한 어른이 되어간다.

그해의 미련과 그해의 반지

간소하게 살기엔 미련이 많아 복잡하게 쌓아두며 살아간다. 이런 인류가 비단 나뿐만이 아니라는 것을 잘 알고 있다. 좋아했던 사람과 처음 단둘이 먹었던 저녁 자리의 영수증, 꼬박꼬박 모은 돈으로 떠났던 여행지의 무용한 기념품, 다시는 펼쳐 보지 못할 것이면서도 버리지는 않는 편지들. 나의 방엔 온통 미련이 밀려들어 와 각자의 자리를 차지하고 있다.

가장 오래된 미련은 연두색과 분홍색이 섞인 플라스틱 반지다. 열 살 때 가장 친했던 친구와 같이 골랐는데, 우리는 세계가 멸망해도(Y2K라는 밀레니엄 버그로 지구가 끝날 거라던 1999년이었다) 이 반지만 있으면 서로를 확인할 수 있다고 믿었다. 공장에서 수천 개씩 찍어내던 반지라는 사실은 우리에게 그리 중요한 문제가 아니었다. 꿈나무 문구. 나는 그 반지를 샀던 문구점의 이름과 냄새까지 아직도 기억하고 있다.

　매일 끼던 반지를 서랍에 넣어버린 건 얼마 지나지 않아서였다. 아주 얕고 사소한 문제로 사이가 틀어져 버린 우리는 서로 마주칠 때마다 불편한 내색을 끼쳤다. 지금 생각해보면 큰 문제가 아니지만, 사람과 사람 사이의 관계를 끊는 건 꼭 이렇게 작고 별 볼 일 없는 문제들이다. 돌이킬 수 없을 만큼 멀어져 버린 상태에서 친구는 가족 문제로 전학을 앞두고 있었다.

　우리 사이를 잘 알고 있던 담임선생님은 둘만의 작별 인사 자리를 만들어주셨다. 하지만 나는 창밖을, 친구는 복도 바깥을 멍하니 바라보며 아무런 말 없이 그렇게 기회를 날려버렸고, 우리는 서로에게 사과도 인사도 없이 헤어졌다.

20년 넘게 지난 지금도 나는 그날의 교실로 돌아가는 상상을 자주 한다. 사실은 내가 미안했다고, 미안하다는 말을 하고 싶은데 그럼 더 멀어질 것 같아서 못했다고, 나는 겁이 많다고, 겁 많은 나와 친구 해줘서 고맙다는 말을 오랫동안 연습했다. 연습한 결과를 펼쳐볼 시간은 절대로 돌아오지 않을 것이다.

미련은 대체로 내가 받아들일 수 있는 방식으로 마무리 짓지 못했을 때 남는다고 한다. 아마도 나는 이 반지를 어떤 일이 있어도 버리지 못하겠지. 내 방의 모든 미련들이 세월을 핑계로 사라진다 하더라도.

손톱만큼의 걸음

한 서점 책장에서 어떤 책을 손톱만큼만 앞으로 당겨 놓아봤다. 다음 주에도, 그다음 주에도 그 책은 홀로 대열에서 어긋나 있었다. 한 달이 지났을 때 조용히 꺼내어 계산대로 가져갔다. 나마저 돌아서면 저렇게 하염없이 모로 서서 울고 있을 것만 같아서.

혹시나 저를 잠깐 펼쳐봤다면, 살 마음이 없다면, 당신도 나를 손톱만큼만 당겨서 꽂아주세요. 그리고 다음 주에도 찾아와주세요. 한 달 안에 제가 책장에서 사라지길 기도해주세요.

하루

아침에 갓 지은 마음을 탁자 위에 올려두고 나왔어요. 현관을 나서 전철역에 다다르면 당신은 느긋하게 일어나 그 앞으로 걸어갈 것입니다. 옅어진 뜨거움을 조금씩 삼키고 옷장에 걸어둔 또 다른 마음을 걸치고 나가시길. 행여 걷다가 넘어질까 안전한 곳에 발자국들을 남겨놓았습니다. 저녁에 봐요.

다시 오지 않는 시

셀프 빨래방에 겨울 이불과 여름 시집을 들고 갔다. 무거운 이불이 돌아가는 동안 가벼운 시집을 펼쳤다. 그때 자동문이 열리고, 책의 쪽수보다 더 많은 주름을 얼굴에 머금은 할머니가 느릿느릿 들어오셨다. 누가 봐도 이곳이 처음인 듯한 걸음. 사람이라곤 손님인 나밖에 없고 키오스크 몇 대만이 요란하게 화상으로 맞이하고 있었다. 조심스럽게 일어나 여쭤봤다.

"제가 사용법 알려드릴까요?"
"아니 신기해서 그냥. 미안해."

오지 말아야 할 곳도 아니고 미안할 이유도 없지만, 젊은 사람들 위주로 돌아가는 세상에서 노인들은 자주 미안해한다는 걸 알고 있다. 나도 처음 여기 들어오니 뭐가 뭔지 몰랐다며 괜찮다고, 몇 번 오니까 겨우 익숙해졌다고 말씀드렸다.

그제야 할머니는 용서라도 받은 듯, 이것저것 여쭤보셨다.

여기서 옷을 빨면 되는 건지, 세제나 물을 더 넣지 않아도 알아서 씻기는 건지, 그럼 말리는 건 집에서 해야 하는 건지, 이 큰 통에서 빨래가 어떻게 마를 수 있는 건지. 새로운 곳에 견학 온 어린이처럼 할머니는 궁금한 게 많았다. 하나씩 설명해드리는 것도 재밌고, 시간도 잘 가서 우리는 한참을 이야기했다. 그러다 할머니는 한 번 더 용기를 내셨다.

"사실 내가 세탁기를 써봤어야 말이지."

21세기가 20년도 더 지난날, 세탁기를 한 번도 못 써봤다는 말은 오히려 공상과학 같았다. 전쟁 세대인 할머니는 어릴 때부터 손빨래로 교육 받아 지금껏 손빨래로만 살아왔다고 했다. 너무 놀라는 것도, 너무 태연한 것도 실례일 것 같아 나는 아무런 말을 할 수 없었고 다만, 언젠가 주 말에 빨래 가지고 오실 때 전화 주시면 같이 돌리 자고 했다.

할머니가 떠나도 나는 시집을 다시 펼치지 않 았다. 시보다 더 시 같은 말들이 귀 옆에서 어른 거렸고, 문장 한 줄씩 곱씹다 보니 건조기마저 다 돌아간 상태였다. 집으로 돌아온 후 몇 날, 몇 주, 몇 달이 지나도록 할머니 전화는 오지 않았다.

오지 않는다는 걸 알면서도 기다리는 마음으 로 나는 오래도록 할머니를 생각했다.

오늘의 뜨거움

한 해 두 해 나이를 먹어갈수록 지금의 내가 먼 과거의 '나'들을 살펴보면 금방이라도 터질 듯 온통 뜨거운 스물이었다. 그 시절의 타오름이 내내 영원하리라는 생각은 하지 않았지만, 이리도 아무 일 없었다는 듯 쌀쌀해질 줄은 몰랐다. 그러니 오늘의 나 역시 미래의 내가 보기엔 모든 걸 녹여버릴 정도로 뜨겁겠지.

어렴풋한 뜨거움을 믿어보려고, 전화를 열어 메시지를 보냈다. 서랍에 밀어둔 편지도 마침내 꺼냈다.

손을 덥히며 천천히 걸었다.

영화로운 삶

언제나 기쁜 삶이면 좋겠지만, 그렇다고 해서 슬픔이 잦은 삶이 초라하다고 생각하진 않는다. 그럼에도 살아있길 잘했다는 순간이 꼭 찾아오기 마련이기에, 그 달콤한 한 장면을 위해 기나긴 러닝타임을 참아온 내가 대견해지기에. 누구의 삶도 초라하다 말할 수 없다.

이런 날도 오고 저런 날도 온다. 이런 사람도 오고 저런 사람도 온다. 적당한 편집과 연출로 좋은 장면을 구성할 수 있길. 지금 이 책을 함께 읽는 여러분에게도 달콤한 클라이맥스가 내내 펼쳐지길.

겨울 위에 꽃을 걸면

우리가 살던 작은 방에서 나란히 누워 고개를 돌리면 창밖에 고층 아파트 단지가 반짝거렸다. 겨울밤이면 무거운 이불을 서로의 턱 위까지 올려놓고 아파트 단지를 보며 귀여운 꿈을 말하기도 했다.

저 아파트에 살게 된다면 몇 층이 가장 좋을지, 드나들기 편한 대로변 단지가 좋을지, 아니면 조용하고 안전할 중심 단지가 좋을지, 거실에는 어떤 소파를 놓고 벽에는 어떤 그림을 걸지, 거실에는 TV를 놓지 않고 커다란 책장을 놓는 건 어떨지. 같은 베개를 벤 채 이야기하다 보면 어느새 새벽이 머리 위에 앉았고 우리는 복권부터 사야겠다며 웃었다.

해가 밝아와도 복권은 사러 가지 않았다. 가벼워진 이불을 슬며시 걷어 아침을 만들고 커피

를 끓이고 같이 나눠 먹어도 복권을 사러 갈 마음
은 들지 않았다.

　우리에게 어떤 꿈은, 이루려 노력할 때보다
같이 꾼다는 사실 하나만으로도 빛났다.

　그날 저녁엔 당신이 복권 대신 말린 꽃 한 다
발을 사 왔다. 창가에 걸어뒀더니 아파트 단지를
가렸다. 우리는 한참을 웃었다.

시작점

다정한 습관과 단단한 배려들이 만나 커가는 것.
나는 사랑이 그리 거대한 다짐에서 출발하는 건
아니라고 생각해.

보이는 말들과 소설들

작은 먼지까지 가만히 가라앉은 밤에 차를 내리고 바닥에 앉았다. 바깥 불빛이 무서워 베란다를 등지고 앉았더니 등 쪽에서 세탁기 돌아가는 소리가 유리막을 넘어온다. 빨래가 다 되면 세탁기는 노래를 부르겠지. 그럼 그때까지 이렇게 어둠을 바라보고 앉아야지.

슬기 씨는 집에서 주로 뭐 해?
쉬어요.
뭐하고?
쉬는 데도 무얼 해야 하나요?

너무 조용히 살아서 재미없을 것 같다는 말을 가깝지 않은 사람들로부터 자주 듣는다. 그런 사람들에게 내 머릿속과 마음속을 소리로 바꿔서 귀로 흘려 보내준다면 시끄럽다며 도망가지 않을까. 보이는 투쟁이 전부가 아니듯, 들리는 말이 전부는 아니다. 나는 하고 싶은 말을 마음과 글로 남기는 편이라, 소리만 조용할 뿐 속은 매일 시끄럽다.

정리되지 않는 감정들 때문에 허덕일 때 아주 긴 소설을 쓰기도 했다. 소설 안에는 내가 사랑하는 사람과 무서워하는 사람, 그리운 사람과 다시는 보지 않았으면 하는 사람, 미안한 사람과 미안해해야 할 사람들이 각자의 몫을 맡고 있다. 결말까지 다 썼던 새벽에 나는 소설의 처음부터 끝까지 여러 번 다시 읽어본 뒤, 모두 인쇄해 서랍에 넣어놓고 파일을 영구 삭제했다.

애주가가 술로 기억을 지우고 공병을 쌓듯 그렇게 나는 글의 흔적만 쌓아두고 원본은 영원히 지워버렸다. 그럼 복잡한 마음들이 한순간에 정리돼 몇 달 동안 불면증이 찾아오지 않았다.

세탁기가 노래를 부른다. 사실 어제부터 새로운 소설을 쓰기 시작했다. 잘 빨려진 옷들을 모두 걸고 나면, 다시 먼 과거의 사람들과 현재의 사람들과 미래의 사람들을 하나둘 불러와야지. 하나씩 쌓다 보면 다시 깨끗해지겠지.

관성 같은 불안

불쑥 찾아오는 행복은 항상 불안을 업고 있다. 마침 봄바람이, 마침 5월의 노래가, 마침 빵 굽는 냄새가 거리에 잔잔히 깔렸을 때 행복하다는 말을 조심스럽게 입안에 머금었다. 그러자 그 뒤에 작은 불안이 나도 여기 있다며 고개를 내밀었다.

언제나 비좁고 불안한 내 마음 때문에 행복을 온전히 누리는 건 사치라 여긴다. 작은 불안이 뒷받침돼야 안심할 수 있어서, 일부러라도 불안을 행복의 등에 얹어주는 편이다. 나는 내가 불행한 상태에 더 익숙해져서 그런지 행복한 내 모습이 어색하다.

행복은 당연하지 않고 불행은 당연했던 세월이 관성처럼 몸에 배어 있다.

씻어내기

어릴 때 바깥에서 많이 울었던 날은 집 주변을 빙빙 돌다 들어갔다. 빨간 눈을 가라앉히고 얼굴에 남아있던 눈물 자국도 다 정리되면 그제야 집 문을 열었다. 그래봤자 엄마는 내 숨소리만 들어도 다 알았겠지만, 꼭 그래야만 할 것 같았다. 내 슬픔을 엄마도 알게끔 하는 게 왜 그리 부끄러웠는지 모를 일이다.

곧바로 화장실로 가서 손을 씻는 척, 찬물로 여러 번 얼굴을 헹궈내고 거울을 보며 억지 미소도 지어본다. 괜찮다, 다 지나갈 거다, 저번에도 이랬으니까. 어쩌면 나는 엄마의 역할을 나 스스로 뺏었던 건지도 모르겠다.

다 알면서도 모른 척해준 엄마의 그때 기분을 물어보고 싶지만, 물어보는 순간 모든 게 무너질 것만 같아 영원히 모르려 한다.

지나가는 것들

사람 관계에 지쳐 울고만 있을 때, 붕어빵 봉지 건네듯 따뜻한 위로를 툭 놓고 간 분이 있다. 아마 그분의 조언 덕분에 나는 지금까지 살아있는지도 모르겠다. 김이 모락모락 나던 위로 안에는 내가 가장 좋아하는 맛의 문장이 들어있었다.

지나가는 인연은
지나가는 계절이랑 같은 거야.

생각해보면 내가 인연 때문에 우는 순간 대부분은 붙잡으려다 실패한 경우들이었다. 지난 날 고민을 나눴던 밤과 함께 웃고 울던 시간들이 공중으로 분해되는 것 같아서 어떻게든 되돌리려 했었다. 그럴 수 없다는 사실을 온갖 이유로 외면하면서.

지나가는 인연은 지나가는 계절과 같다. 지나
간다고 해서 돌이킬 수도 없고, 설령 희박한 확률
로 잠시 되돌려놓는다 해도 결국은 다시 지나간
다. 초봄에 찾아온 꽃샘추위가 겨울 냄새만 잠깐
가지고 올 뿐, 예정된 봄 기운이 밀려오면 저 멀리
물러나듯이. 그러다 언젠가 내가 겪었던 그 시절
의 봄, 그 시절의 여름, 가을, 겨울과 비슷한 계절
이 또 한 번 찾아오겠지.

다음 계절에서 기다리고 있을 새 사람들을 맞
으려 묵은 옷을 모두 꺼내어 깨끗이 세탁하고 햇
빛을 쏟아부어야겠다. 지나간 달력도 이제는 마
음 편히 버릴 것이다.

새하얀 시간들

병원은 어쩌나 그렇게 흰지. 흰 벽, 흰 침대보, 흰
베개, 그리고 흰 환자까지 온통 흰색투성이라 조
그마한 피 한 방울도 바다처럼 깊고 넓게 눈에 들
어온다. 할머니의 흰 손을 잡아본 곳도 그 흰 병
원이었다.

삶은 유한하다는, 너무나 당연한 말을 당연
해서 자주 잊어버린다. 할머니는 영원히 살지 못
한다는 걸 머리로는 알면서도 가슴에는 늙은 나
와 더 늙은 할머니가 마당에서 꽃놀이를 하고 있
다. 이젠 나도 할머니만큼 주름이 많다는 걸 자랑
하면서. 해넘이와 해돋이를 꼭 같이 수십 번은 볼
수 있을 줄 알았다. 노화와 죽음은 온전히 나의
것일 뿐 내가 사랑하는 사람들은 겪지 않을 것이
라고, 거리의 취객을 보듯 모른 척하기 바빴다.

누구의 삶도 영영 길지 않다. 길지 않은 그 시
간을 어떻게 채워야 마지막에 후회하지 않을까.
누군가가 죽음에 다가서는 장면은 늘 어색한 일
이라 자꾸만 고개를 돌리고 싶다.

맑으면 떠날 사이

서로가 힘들 때 만났던 서로는 위로가 됐지만, 힘
든 일이 걷히자 우리는 다시 남처럼 서먹해졌다.
소나기가 멈추면 원래 가려던 길로 떠나는 사람
들처럼.

체기

어릴 때 생각한 결혼은 서로의 팔꿈치를 걸고 나란히 오래도록 걷는 것이었다. 교복을 입은 후부터 이 생각은 조금씩 어긋나기 시작했고, 성인이 되자 결혼이 꼭 필요한 것일까 하는 물음표가 마음에 계속 자라났다. 결혼식장 문을 열기까지의 과정에서 너무나 많은 균열을 보아왔기 때문일 것이다.

회사 옆자리 동기는 첫눈이 내릴 때 프로포즈를 받았다. 결혼식이 열리는 건 두어 번의 계절 뒤인, 단풍이 카펫을 깔아주는 때로 정해졌다고 했다. 그들의 결혼 준비를 보며 나는 덩달아 아파할 때가 많았다. 사랑하는 사람끼리 살아간다는 것뿐인데, 여기에 얹히는 말과 조건이 너무도 다양했기에.

장마 고개가 넘어갈 쯤 동기는 내게 당부했

다. 슬기 씨는 절대 결혼하지 말라고. 있던 사랑
도 다 사라지는 기분이라고. 나는 청첩장을 손에
쥔 채 여러 번 망설였다. 지난한 과정을 책상 너
머로 다 살펴봤는데도 과연 진심으로 축하해줄
수 있을까.

그러나 결국은 행복을 빌어줄 수밖에 없는
것. 신랑이 부르는 축가 1절이 끝난 후 간주에서
서로에게 미안함과 사랑을 고백할 때, 나는 진심
으로 그들의 행복과 영원을 바라고 있었다. 모든
결혼식에서 눈물 참기 바쁜 나는 그날도 열심히,
하지만 아주 몰래 울었다.

어느 정도 눈물을 거두고 나서 같이 온 이와
가만히 눈을 맞대고 고개를 끄덕였다. 집으로 돌
아가 식장 뷔페의 체기가 내려갈 때까지 우리는
결혼식에 대해 아무 말도 얹지 않았다.

남 탓

엄마와의 통화는 늘 후회로 남는다. 엄마는 본인이 해야 할 말과 들어야 할 말을 모두 쏟거나 받아야 만족하는 편인데, 중요한 건 엄마가 들어야 할 말은 내가 하지 못하는 것들이 대부분이다. 통화가 이어지다 보면 결국 나는 엄마를 다그치게 되고, 그런 엄마는 꼭 그렇게 엄마를 혼내야 성이 풀리느냐며 한숨을 뱉는다. 엄마 없이 절대 살 수 없지만, 엄마랑 절대 같이 살 수 없는 이유가 이런 것 때문 아닐까.

엄마는 주로 해결되지 않는 것들에 마음을 쏟다 보니 감정을 자주 소진한다. 그렇게 버려야 할 껍데기들을 가득 안고 나와 통화를 시작하면서 하나씩 던지면, 나는 그걸 이리저리 피하며 왜 이런 걸 안고 있었냐며 답답해한다.

통화가 끝나면 후회가 밀려온다는 걸 알면서

도 매번 그러지 못해 남 탓을 한다. 이게 다 먹고
살기 힘들어서 그런 거라며,

말도 안 되는 남 탓을.

후회

후회해서 해결될 일은 없겠지만, 후회하지 않는
다고 해서 없는 일이 되는 것도 아니에요.

슬픔은 생각보다 가볍고
잘 날아다닙니다.

2부

슬픔은 바람처럼 저 멀리

또래보다 꽤 많이 슬퍼해 봤다는 자부심으로 말씀드리자면, 슬픔은 생각보다 가볍고 잘 날아다닙니다. 후- 하고 한숨에 여러 번 실어 보내면 전부는 아니더라도 조금씩, 조금씩 창문을 넘어가거든요. 창밖의 누군가가 내 슬픔을 맞을까 걱정하지 않아도 됩니다. 슬픔은 대개 하늘로 올라가고 구름으로 뭉쳐져 다른 세계로 건너갑니다.

우리는 또 언젠가 젖은 옷과 마음으로 슬픔을 재차 머금을 수밖에 없겠지만, 다시 후- 하고 뱉어내면 그만이겠지요. 슬픔은 바람처럼 저 멀리 보내고 새로운 마음을 함께 머금었으면 해요.

다 괜찮더라고요.

성냥 씨

혼잣말도 하지 않고, 말할 필요를 잘 느끼지 못하는 탓에 집에서 일할 때면 며칠 내내 목소리 한 번 내지 않는 날들이 있다. 그럴 때면 꼭 전화 오는 친구가 하나 있는데, 대충 이런 식이다.

며칠 째야?
뭐가?
뭘 뭐가야. 며칠째 말 안 하고 있냐고.

거짓말로 둘러대봤자 어차피 들킬 거라서 솔직히 말한다. 그런 날엔 친구가 집으로 찾아온다. 내가 말을 하지 않은 기간만큼, 혹은 그보다 조금 더 오래 내 방에 살다 간다. 나는 친구를 성냥이라 부른다. 마른 곳에 머리를 그어 불을 내듯, 성냥은 내 방에 살러 올 때마다 침대에 머리부터 그으며 벌렁 눕는다.

성냥이 머물다 가면 성냥의 양말 한 짝이 책상 밑에서 발견되고, 몇 개째인지 모를 성냥의 칫솔이 욕실에서 발견된다. 양말과 칫솔이 아니면 또 그만한 크기와 쓰임새의 물건들이 꼭 집에 남아있다. 그럼 그것들을 주섬주섬 주워 나는 또 성냥의 집으로 놀러 간다.

성냥이 집에 올 때마다, 그리고 성냥의 것들을 모아 성냥 집으로 갈 때마다 나는 평생 말 한마디 못 하고 살 팔자는 아니구나 싶어 콧바람을 휙휙 내쉰다.

전주빌라

어릴 때 살았던 집은 '전주빌라'라는 양각의 금빛 간판을 건물 왼편에 달고 있었다. 전라북도 전주시에 있는 빌라가 아니었는데도 전주빌라는 전주빌라였다.

주변 모두 빌라촌이었다. 원래 '빌라'는 휴양 목적으로 지어진 저택이나 부촌 단독주택가에 지어진, 대문과 현관 사이 거리가 멀고 주거인과 관리인이 함께 사는 그런 집들을 뜻한다.

하지만 전주빌라와 그 주변 빌라촌은 휴양이 아닌 생존을 목적으로 살아가는 동네였다. 가로등이 없어서 해가 지면 검은 고양이들이 벽으로 스며드는 곳, 뛰고 소리치고 발을 굴러도 누구 하나 나오지 않을 것 같은 골목. 나는 우리 집 주변을 혼자서 서성인 기억이 없다.

여름 태풍이 심하게 두어 번 몰아친 적 있다.
모든 게 부서지고 씻겨나간 아침, 전주빌라 앞에
사람들이 웅성거리며 서 있었다. 잠옷 차림으로
엄마와 내려가 본 광경은, 전주빌라의 양각 간판
중 하필이면 'ㄴ'이 날아간 장면이었다.

우리는 이듬해 또 한 번의 여름 태풍이 오기
전에 저주빌라를 떠났다.

흘려보내기

슬픔은 막기보다 흘려보내야 하는 것. 막으면 막을수록 걷잡을 수 없이 밀려들어 나중엔 감당할 수 없을 만큼 커다란 물결을 받아들여야 하기에.

꼭 지나가야 하는 감정을 구태여 막으려 들지 않고 저 멀리 흘려보내기. 그러나 말은 쉽고 행동은 어려워서 매번 처음보다 조금 더 커진 슬픔을 나는 지나간다.

여백

당신이 당신을 불쌍히 여겼다는 게 몹시도 미안하지만, 이걸 어떻게 해야 할까요. 저 역시 제가 몹시도 불쌍했답니다. 여백이 많지 않은 우리 삶에도 불구하고 당신은 많은 것을 채우려 했지요. 당신이 원하던 것들로 채우다 보면 어느새 나는 나의 자리마저 조금씩 조금씩 내어줘야 했습니다. 내어주는 시간이 한 순간이라도 늘어지면 당신은 나에게 이기적인 것 같다며 슬퍼했어요.

지나간 시간에 대한 설명(나는 이것을 변명이라 부르지 않을 것입니다)을 길게 늘여봤자 서로에게 좋을 건 없겠지요. 그러니 오늘 이후의 날들에 대해 말하자면, 부디 행복하시길. 나는 당신이 없는 나의 세계관 안에서 최선을 다해 행복을 심고 있습니다. 어제는 당신이 그토록 만나지 말라고 하던 나의 오랜 친구를 만나 열심히 울었답니다. 수분이 없으면 죽은 척 말라 있다가 한 방울의 물로 기지개를 켜는 부활초처럼, 우리 사이 메마른 시간은 몇 방울의 눈물이면 충분했습니다.

여전히 제게 드문드문 편지를 보내는 이유를 묻지 않겠습니다. 답을 듣지 않아도 알 수 있는 것들이 세상엔 참 많지 않던가요. 여백이 적습니다. 이만 줄입니다.

'그 시절의 내가 불쌍해 나는 당신을 떠났습니다'
라는 문장으로 시작하는 편지에 대한 답신.

쉽게 사랑하고 어렵게 미워하고 싶지만

쉽게 사랑하고 어렵게 미워하는 사람이 되고픈데 정반대의 사람이 된 것 같다. 어렵게 사랑해서 관계의 폭이 좁고, 쉽게 미워해서 멀리한 사람이 계절 모퉁이마다 서 있다.

거리

무언가 글로 쓸 때 심장이 한 뼘 앞으로 나아가 있다. 그 한 뼘 사이에는 용기와 사랑과 외로움 등이 미세하게 일렬로 나열돼 있지만, 때로는 아무것도 없기도 하다. 심장과 손이 가까워져서 온 마음을 쏟아낼 때야 비로소 조금은 정직한 문단들이 짜인다. 다 쓴 후 서랍처럼 심장을 닫으면 조금 부끄럽다. 너무 가깝게 썼나 하고 후회하는 것이다. 사랑이 담긴 편지를 쓸 땐 대개 두 뼘 정도 더 빼놓았던 것 같다. 그래서 늘 편지봉투와 함께 심장 서랍을 닫으면 더 달떴다.

욕심의 탄생

나는 내가 물질적인 욕심이 없는 사람이라 생각했다. 언제나 적당히 괜찮은 것, 적당히 좋은 것들을 찾았고 오래도록 쓰면서 바꿔야 할 때가 오면 또 적당한 것들을 찾았다. 그래서인지 혼자 여행을 떠날 때도 청결과 안전만 보장된 곳이라면 최대한 저렴한 곳을 선택했다. 물론 청결과 안전이 보장되면 언제나 예상보다 많은 돈을 내야 했지만.

그러다 어느 날 사람들이 좋다고 말하는 호텔, 별 다섯 개가 당당히 수놓인 그런 호텔은 어떤 곳일지 너무 궁금했다. 긴 기간을 잡고 조금씩 돈을 모아 딱 이틀만 쉬어보자고 다짐했다. 마침내 그날이 얼마 전이었고, 큰 기대를 품지 않은 채 호텔로 향했다. 일단 5성급 호텔은 청결과 안전만큼은 보장돼 있으니 다른 건 딱히 신경 쓸 필요 없었다.

역에 도착해 택시를 타고 호텔 앞으로 가니 정갈한 복장의 누군가가 택시 문을 열어줬다. 이때부터 이미 감탄했지만, 늘 받던 서비스인 양 천천히 택시에서 내렸다. 이건 그동안 옷 가게에서 예상보다 훨씬 높은 가격을 들어도 '음~ 그럴 것 같았어요'라는 반응을 태연히 보이면서 연습한 결과다.

하지만 다음 광경은 도저히 기쁜 티를 내지 않을 수 없었다. 직원분께서 택시 트렁크에서 내 짐을 모두 내리더니 앞에서 끌고 가며 문을 열고 길을 안내해주셨다. 체크인 데스크까지 나는 내 손으로 밀거나 당기거나 집은 것이 아무것도 없던 셈이다.

예약한 방은 고요했다. 침대는 가로로 누워 이리저리 굴러도 남을 만큼 컸고, 천장은 내 키의

서너 배는 될 정도로 높았다. 통유리 창으로 보이는 바다에 반짝반짝 윤슬이 일렁였다. 화장실과 샤워실이 분리돼 있고, 화장실엔 손을 씻을 세면대가 작게 하나 더 마련돼 있었다. 도착하기 전까지만 해도 '그래도 좀 비싸긴 하다' 했던 마음이 사르르 녹아버렸다.

호텔이라는 공간은 온전히 나에게 집중할 수 있도록 돕는다. 방이 지저분할 때 '메이크업 룸' 버튼만 누르고 잠시 나갔다 오면 청소가 돼 있고, 내가 필요한 것은 0번 버튼 전화 한 통으로 해결된다. 고민할 시간을 줄여주고 움직여야 할 에너지를 최소화할 수 있도록 공간을 구성하고 있다. 그래서인지 가끔 글이 안 써지는 작가들은 일부러라도 호텔을 예약해 며칠씩 글을 쓴다고도 한다. 작가들이 왜 호텔에서 자주 작업하는지 마침내 나도 알 수 있었다.

경험하지 못한 것들을 겪고 나면 세계관은 한 층 더 넓어져 있다. 호텔에서 푹 쉬고 온 뒤 나는 내가 욕심이 없는 사람이 아니라, 그저 욕심내는 법을 몰랐던 사람이라는 걸 깨달았다. 좋은 것들에 욕심을 내고, 그것들을 가지기 위해 더 열심히 일하고 싶은 마음을 호텔에서 듬뿍 채워왔다.

액땜

6월까지 일어나는 모든 나쁜 일은 올해의 액땜, 그 뒤 일어나는 모든 나쁜 일은 내년 치 액땜이라 생각하기로 했다. 샤머니즘 민족의 자기합리화 같지만, 그래도 이렇게 생각하면 내 운명이 덜 서글프지 않을까.

너의 집이 나의 집이었으면 그러나

하늘이 멀리서부터 어둑하게 접힐 때 동네 고양이의 뒷모습을 만났다. 어디로 가는 걸까 궁금해 조심조심 따라갔다. 옷 수선 집을 지나 길을 건너고, 탕제원 앞에 놓인 물그릇에서 물을 조금 마시더니 맞은편 담장으로 폴짝 뛰었다.

사람이 오래 살지 않던 집인데 왜 갔을까 하고 담장 너머로 눈을 밀어 넣으니, 어떡해 소리가 입에서 나왔다. 자기 몸 색깔이랑 꼭 같은 아기들이 옹기종기 붙어 뒹굴고 있었다.

그때부터 반려묘 한 마리 없으면서 고양이 사료는 종류별로 챙겨놓는 사람이 되어버렸다. 바람이 많이 부는 날이면 걱정이 늘어난다. 숨을 곳은 적당한지, 오래 쉬어갈 수 있는지, 먹고 마시는 건 너무 부족하진 않은지.

그렇다고 내가 그 친구들을 하나도 빠짐없이 집으로 들일 수도 없는 노릇이다. 그저 아프지만 않길 바라며 이기적으로 산다.

내일의 기쁨

매일 슬픔에 발목을 적시고 있으니 웬만한 슬픔
엔 끄떡없다. 잔잔한 호수는 해일을 두려워하지
만, 파도가 잦은 바다는 해일이 지나갈 걸 알고
있다.

자주 슬프고 가끔 기뻐해도 괜찮다. 가끔의
순간을 한껏 즐기고 다음을 차분히 기다리는 연
습을 꽤 오래 했다.

다음의 기쁨은 무엇일까. 언제 어떻게 찾아올
지 모르지만 조금만 잦게 밀려오면 좋겠다.

이기적인 숨

한낮의 벤치에 앉아 숨을 고르고 있을 때 뭉툭해
보이는 벌레 한 마리가 곁에 앉았다. 고르던 숨을
마저 고르고 다시 살펴보자 갑자기 몸을 뒤집었다.

　사람이든 동물이든 곤충이든 무엇이든 세상
과 반대로 움직이는 건 언제나 버거울 것이기에
나는 근처 나뭇가지를 하나 들고 조심스럽게 뒤
집어줬다.

　그렇게 몇 초가 흘렀을까. 벌레는 다시 몸을
뒤집었다. 꼭 자기를 구해달라는 것처럼 버둥거
리길래 나는 다시 뒤집어줬다. 그러자 벌레는 또
뒤집고, 나는 또 바로 잡고, 뒤집고, 바로 잡고. 실
랑이 같은 반복을 거듭했을 때 깨달았다. 내가 이
기적이었구나.

굽혔던 무릎을 펴고 일어나 벌레를 등지고 멀리멀리 걸었다. 행여나 벌레 소리가 들릴까 집까지 뛰었다. 골랐던 숨은 다시 엉망이 됐다.

선

기온이 한 자릿수로 떨어지면 볼 안쪽에 작은 선이 생긴다. 추위에 약한 탓에 나도 모르게 이를 꼭 다무는 버릇 때문이다. 바깥을 조금 많이 걸었던 날이면 집에 돌아와 가만히 볼 안쪽을 감각해 본다. 기온이 내려갈수록 선은 선명히 올라온다.

훅훅 찌는 날에도 선이 올라오는 때가 있다. 차라리 목 놓아 울면 다행이지만, 울음을 꾹꾹 참아야 할 때. 입속의 울음이 너무나 큰지 나는 온 이가 부서질 듯 꼭 다문다. 좋지 않은 버릇인 걸 알아도 어쩔 수 없는 노릇이다. 좋지 않은 것일수록 쉽게 떼어버릴 수 없다는 건 누구나 똑같지 않을까.

그리워하던 사람들이 자주 영면하던 해가 있었다. 그해엔 매일 새롭게 선이 올라왔고, 한 해가 마감될 때까지 영영 지워지지 않았다. 나는 자주 볼을 감쌌다.

MJ에게

MJ, 당신의 이름을 다정하게 불렀던 게 언제가 마지막이었는지 잘 기억나지 않아. 당신은 종종 내 이름을 불렀지만, 나는 그러지 않았어. 이름을 외치지 않아도 충분히 당신에게 닿을 수 있어서 그런지도 몰라.

어느 여름밤에 당신이 떨리는 목소리로 전화 걸었을 때, 나는 세상이 무너지는 것 같았어. 기대는 쪽과 안아주는 쪽을 명확히 정한 건 아니지만 언제나 당신은 나를 품어주는 쪽이었으니까. 그런 당신의 목소리가 점차 흐느낌에서 오열로 넘어가고 있었어. 나는 모든 일을 접고 당신이 있는 곳으로 달려갈 수밖에 없었지.

그때부터 서로의 버팀목으로 살게 됐어. 바닥에서 수직으로 꽂혀 있는 당신에게 내가 기댄 꼴이 과거의 우리라면, 지금의 우리는 서로를 향해

비스듬히 누워 버티고 있지. 나쁘지 않아. 실은 더 좋아. 내가 비로소 당신에게 도움이 되고 있다는 사실 덕분에 나는 조금 더 자라난 느낌이야. 그러니 자꾸만 나에게 미안하다는 말은 하지 않았으면 좋겠어.

우리가 지금보다 한참 어릴 때 기억이 가끔 떠올라. 나는 당신보다 늘 마음이 덜 자랄 수밖에 없어서 매 순간이 서글펐어. 서글픈 게 무엇인지 정확히 모르면서도 내가 서글프다는 걸 당신과 세상이 다 알아야 했던 나이. 당신도 충분히 어렸는데 왜 나는 당신이 다 받아줘야 한다고 생각했던 걸까. 그리고 당신은 왜 정말로 내 모든 모서리를 받아준 걸까.

고마워. 고맙다는 말밖에는 더 할 수 없는 내가 원망스러울 정도로 고마워. 이런 말을 전하면 당신은 머쓱하게 웃으며 또 뭘 그런 걸 가지고 그러냐고 하겠지만, 아니야.

사랑해, 나의 오랜 친구인 나의 엄마. 비겁하게도 나는 이런 말을 책에서밖에 할 수 없어.

낡은 소리

뜨거운 차 한 모금을 목구멍으로 넘겼더니 자연
스레 앓는 소리가 흐른다. 나는 늘 내 생각보다
조금씩 더 낡아있다.

배려

당신이 나를 배려해줬으면 한다는 말을 쉽게 꺼내는 사람 중, 먼저 배려심을 보이는 이는 없었다. 배려를 자주 요구하는 쪽은 언제나 본인만 최선을 다한다고 느낀다. 그러나 사랑은 한쪽만의 최선이 아닌, 서로의 최선이 있어야 가능한 일이다. 누가누가 더 배려하고 있나 손익 계산을 따지는 순간 그건 사랑이 아니게 된다.

나도 오래전엔 상대에게 무조건적인 배려를 요구하는 쪽이었다. 내 행동과 배려로 내 사랑이 한껏 기뻤으면 좋겠으면서도, 이런 내 마음을 상대방이 더욱 절실히 느껴서 나에게 훨씬 많이 베풀어줬으면 하는 욕심이 있었다. 돌이켜보니 그건 사랑이 아니라, 어떤 보상을 바라는 투자였다.

전자계산기처럼, 누르는 만큼의 결과가 얼른얼른 보이면 좋겠지만 사랑은 손익 계산을 따질 수 없다. 그저 파도에 밀려오는 모래처럼 천천히 깎이고 쌓이는 것. 모래가 너무 들이치지도 않게, 그렇다고 모두 쓸려가서 발 디딜 곳이 사라지지 않도록 하는 것. 당신과 나의 해변이 오래도록 같은 모습으로 이어지길 바라는 것.

당신은 여전히 그해에 있고

상처받지 않으려면 사랑을 하지 말아야 한다던
나의 사랑은 세상을 너무나 사랑했나 보다.

가을 노래

어느 서점에 들렀을 때 노래가 너무 좋아서 눈만 책에 고정하고 온 감각을 스피커에 집중한 적 있다. 노래 제목이 뭘까. 여기 단골이라 사장님이 항상 반갑게 인사해 주시고 안부도 물어보시지만 나는 노래에 대해 묻지 않는다. 대신 시리에 대고 조용히 "이 노래 뭐야?"라고 묻는다. 잠깐 들어본 다는 시리는 3초 정도 후에 노래를 알려준다.

가을 - 다린

　귀와 마음을 충전시키고 책을 계산했다. 요즘 소소하게 잘 팔리는 책이라고 한다. 웃으며 대화하지만 나는 끝끝내 방금 노래가 좋아서 찾아봤다는 말은 하지 않는다. 이유는 없다. 사장님이 너무 좋지만 내가 먼저 화두를 꺼내기는 언제나 마음이 시끄러워서.

돌아가는 길 내내 가을을 들었다.

노래 참 좋구나. 서점 또 와야지.

사장님이 이 글을 볼 수 있을까.

가을로 서점을 채워줘서 고마웠습니다.

저 요즘도 매일 가요.

2019

아직도 사람들이 많이 나오는 꿈을 꾸면 모두가 마스크를 쓰지 않고 있다. 카페, 레스토랑, 바, 공연장 그 어디든. 꿈은 무의식을 반영한다고 했으니 내 깊은 곳에 자리 잡은, 세상에 대한 기억은 2019년에 멈춰있는 것 같다. 그렇게 생각하자 꿈이 현실이 됐으면 좋겠다고, 간절해졌다.

사람을 기억하는 데는 여러 가지 감각이 동원된다. 그중 나는 특히나 시각에 의존하는 편인데, 이제는 어제 처음 만났던 사람을 오늘 알아보지 못하고 있다. 얼굴의 과반이 하얀 마스크에 덮여있으니 그 사람의 말하는 모습, 숨 쉬는 모습, 웃는 모습 등을 머리에 그릴 수가 없는 것이다.

언젠가 꿈속에서 사람들이 마스크를 쓰고 나온다면 엉엉 울 것만 같다. 마침내 내 깊은 곳에 자리 잡은 세상마저 그렇게 변해버렸으므로.

멀리서 웃으며 다가오는 당신을 나는 언제쯤
다시 볼 수 있을까.

베개 안의 문장

몇 년 동안 쌓인 말을 몇 줄의 문장에 담아 조심
스럽게 건넨 밤에, 우리는 밤보다 더 조용하게 헤
어졌다. 조용히 헤어질 수 있어서 더 불안했고 현
관 밖을 경계했다. 차라리 소란스럽게 이별했다
면 말끔한 기분으로 잠들 수 있었을까. 아니, 그
러했더라도 나는 양말을 신은 채 방안을 서성였
을 것이다.

정중해도, 무례해도 두려운 게 이별이라면 차
라리 사람을 만나지 않는 게 낫지 않을까. 현관에
귀를 걸어놓고 침대에 앉아 고민했다. 나와 같은
사람들이 또 있을까. 있다면 서로 손이라도 잡고
새벽을 밀어내면 참 좋겠다는 말을, 베개 안에 차
곡차곡 모아뒀다. 베개 모서리가 무뎌진다.

미움의 바다

요즘 왜 이렇게 내가 잘못했던 일만 떠오르는지 모르겠어. 내 잘못이 아니었다고 생각했던 일들도 모두 다 내 책임인 것처럼 느껴져서 온종일 축축해.

그렇다고 사과할 사람이 마땅히 있는 것도 아니야. 그냥 날 탓하고 싶은 이유를 계속 찾아가는 것 같아. 나를 최대한 미워하다 보면 누군가 갑자기 날 미워해도 쉽게 받아들일 수 있도록 연습하는 거지 싶어.

바다만큼의 미움을 만들면 어느 누가 오염시켜도 그러려니 할 수 있겠지. 여기서 잘 놀다 가. 다치지 말고 아프지 말고.

등에서 다시 태어나

어깨보다 등을 빌려달라고 한다. 우는 모습이 보이지 않게 한없이 울고 모든 매무새를 정리하고 다시 마주할 수 있게. 당신의 등 한 편을 내어주면 나는 다시 태어날 수 있다. 중력에 눈물이 다 쏠려가고 나면 우리는 나란히 걸을 수도 있겠지.

사랑은 부피보다 밀도라고,
편지 끝단을 맺었다.

3부

지운 자국

미련은 없지만 그리움은 많아서
열심히 미련을 지워봤자 그 아래
진하게 그리움이 남아있다.

마음 한 묶음

한때는 상대가 나 아닌 이유로도 행복할 수 있다는 게 받아들이기 힘들었다. 상대의 고통도 행복도 모두 내가 원인이어야 마음이 편하던 시절, 나는 그게 사랑인 줄 알았다.

점점 당신의 옷 얼룩이 눈에 띄고 솜털이 잘 보이기 시작하자 나는 당신의 모든 행복과 고통의 원인이 될 수 없다는 걸 깨달았고, 이제는 깊은 마음으로 사랑할 수 있겠다고 생각했다. 저녁을 먹고 돌아가는 길에 잡고 있던 손을 더 단단히 묶었다.

놓친 말들

무언가 놓치는 꿈을 자주 꾼다. 그런 꿈을 꾸고 난 아침이면 마음을 한 스푼 덜어낸 것처럼 공허해 오래도록 천장을 바라본다.

잃은 게 없어도 잃은 것 같은 기분으로 메시지 창을 연다. 답장하지 않아 쌓인 붉은 점들이 무서워 다시 덮고 꿈으로 들어간다. 그렇게 또 놓치고, 또 놓치고, 또 놓치고.

마침표가 필요한 때는

기분이 태도가 되지 않는 것은 중요하다. 상대방이 기분을 태도로 그대로 표출하더라도 나 또한 거기에 맞춰 같은 방식으로 움직이면 결국 부딪칠 수밖에 없다. 특히, 나와 상대가 서로 사랑으로 묶여있다면 더더욱. 오늘을 마침표로 삼고 싶다면 어떤 방식이든 좋겠지만, 그렇지 않다면 당장의 불을 끄고 시간이 지난 후에 나의 기분을 솔직하게 말하는 게 더 나은 방식이었다.

누군가는 이것을 건강하지 않은 관계라 할 수 있겠지만, 나는 언제나 사랑을 지키는 게 건강을 떠나 중요했다. 타인의 잣대를 멀찍이 두고 최선을 다해 지키는 것.

그러다 어느 날 자꾸만 불리한 삶처럼 느껴진다면, 그때 정리를 해도 늦지 않았다. 상대방 역시 내가 불리하다고 느끼지 않도록 자기만의 최선을 다하고 있었을 테니까. 정리의 필요성이 느껴지는 순간은 서로가 서로를 포기했을 때일 것이다. 마침표는 가장 마지막에 찍어도 늦지 않다.

용감한 가재

내가 태어났을 때 나왔던 어느 노래에선 마음 울적한 날에 거리를 걸어보거나 칵테일에 취하거나 전시회장에 간다고 했다. 나의 마음을 위해서라면 하루를 온전히 소비할 수 있었던 그 시절엔, 용감한 가재가 적었을 것이다.

사람이 함부로 버리거나 미처 흡수하지 못한 항우울제는 강물로 녹아든다. 저항 없이 강물을 겪어야 하는 가재들은 덕분에 용감해졌다고 한다. 그러나 용감한 만큼 천적의 눈에 잘 띄어 빠르게 잡아먹힌다.

나의 마음을 위해서라면 하루가 아닌 한 시간도 사치로 여겨지는 시대엔 용감한 가재, 용감해서 빨리 먹히는 가재가 덩달아 늘어나겠지.

어두울 때 잠들어 어두울 때 일어난다. 요즘

은 알람보다 내가 먼저 깨어 알람을 다시 재운다. 조금씩 창가가 밝아지면 생각한다. 오늘은 정말 가만히 누워만 있어야지. 하지만 용감한 가재는 결국 일어난다. 흐르는 강물을 막아낼 수 없듯이 생을 소모하는 것도 역시나 막을 수 없다.

끼니

사랑이 밥 먹여주지는 않겠지만, 밥 먹을 힘은 준다. 그 힘은 곧 살아갈 힘이 되기도 하고.

16

사람의 성격을 열여섯 가지로 나눈다는 MBTI를 보면서 그게 어떻게 가능하냐며 반문했지만, 내가 속한 결과지를 읽었을 땐 나도 모르게 고개를 끄덕였다.

그런데 한편으론 이렇게 큰 줄기로 사람을 분류할 수 있는 세상이라는 게 울적하기도 했다. 가까이하고픈 사람의 성격을 알려고 갖은 추측과 탐구를 반복하다가 그를 더 사랑하게 됐던 날들은, 이제 크리스마스-씰 같은 추억거리로 남는다는 뜻이겠지.

그래서 제 MBTI는, INFP

거울은 서로를 바라봐도
자신이 거울인 줄 모른다

특별한 이유 없이 누군가가 싫다면
대체로 그 사람은 나와 닮아있다.

도로인

나는 노숙자를 '도로인'이라 부른다. 그러나 내가 그들을 도로인이라 부르는 사실을 아는 사람은 아무도 없다. 나와 함께 걷는 사람들은 도로인이 보이면 얼른 지나가거나 그들에 대해 입을 대고 싶어 하지 않기 때문에. 물론 나도 그렇다.

외국인, 연예인, 정치인처럼 출생지나 활동지 기반의 대명사가 필요해 보였다. 노숙하는 인간으로 규정하면 그들은 단순히 자는 행위만 거듭하는 사람들이 된다. 도로인은 자는 데만 인생을 쏟지 않는다.

도로인의 주민등록증을 생각한다. 말소된 도로인도 있고, 아직 품고 있는 도로인도 있겠다. 주소지는 어디일지, 그 주소지는 남아 있을지, 남아 있다면 돌아갈 수는 있는지 묻고 싶을 때가 있다. 실례인 것을 알기에 나는 조용히 지나간다.

어떤 도로인은 8번의 임신과 4번의 인공임신 중절 수술을 겪었다고 한다. 무거운 한 줄에 짓눌린 이야기를 나는 차마 다 적지 못한다.

　도로든 집이든 직장이든 어느 곳에 있든 약자는 같다.

소수

내 주변에 보이는 사람만이 세상의 전부라고 믿는 순간, 우리는 자연스럽게 차별하는 사람이 된다. 세상에 나오지 못한 사람들이 우리 생각보다 몇 곱절은 더 많다.

접지선

주말 낮에 자전거를 타고 가다 자동차와 접촉 사고가 났다. 자동차는 내 왼쪽 뒷바퀴를 쳤고, 나는 다행히도 넘어지진 않았다. 대신 발목이 찌릿해 얼른 근처 인도에 풀썩 앉았다. 속도를 줄이지 않은 자동차 덕분에 일어난 일. 운전자가 차에서 내려 다가오는데 표정이 해맑았다. 입을 열지 않아도 어떤 말이 나올지 뻔해 보였지만, 역시나 기대했던 말이 나왔다.

"많이 안 다치셨죠?"

실랑이하기가 번거로워 보험 처리로 간단히 끝내자고 했다. 그러자 운전자는 자기가 표현할 수 있는 최대한의 화를 쏟아냈다. 마치 이 정도 사고는 그냥 넘어가도 된다는 듯이. 무섭기도 하고 당황스럽기도 해서 가만히 얼굴만 바라봤다.

혼자 이리저리 화를 내더니 결국 손해사정사가 왔다. 운전자는 손해사정사가 무조건 자기편이라 생각했나 보다. 내 탓으로 계속 돌리는 말을 하는데 결국 손해사정사가 참지 못하는 듯이 한마디 했다.

"그런 말은 나중에 좀 합시다."

보험 처리가 끝나고 나는 병원비와 수리비를 받았다. 역시나 모두 운전자 과실이었다. 늘 이런 식이었을 것이다. 본인의 잘못이 명확하든 명확하지 않든 자기보다 약자로 보이는 이에게 일단 화부터 내는 사람들.

사고 당일엔 마음에 암초 덩이들이 불쑥불쑥 솟아나 온통 그 운전자를 저주했지만, 이렇게 저주를 안고 있다간 나조차 그와 같아질까 봐 마음을 평평히 다지기로 했다. 지나간 일에 발목을 묶어두고 엉엉 울기엔 내일이 아까우니까.

일상에 정갈한 접지선을 하나 만들었다 생각하고 그대로 곱게 접어뒀다. 다시는 펼칠 일이 없도록 꼭꼭 눌러서.

저녁 봄동

똑같은 음식을 만들어도 혼자 먹을 때와 다른 사람과 나눠 먹을 때 모양새가 달라진다. 혼자 먹었다면 손가락 두께로 대충 썰었을 버섯이지만, 같이 먹을 땐 연필보다 얇고 정갈하게 다듬는다.

손님에게 집에서 식사를(밥이 아닌 식사라는 말을 좋아한다) 대접할 땐 여러 가지 조미료를 넣는다. 대체로 눈에 보이지 않는 것들. 살가움이나 그리움, 혹은 고마움과 설렘 등을 조금씩 조금씩 몰래 넣는다. 그릇을 깨끗이 비우고 난 후 다음에 또 와야겠다는 말을 들으면 일주일은 밥을 먹지 않아도 살 수 있을 것만 같다(물론 먹는다).

퇴근길에 봄동을 한 아름 구해왔다. 내일 오후에 손님이 온다. 이미 배가 부른지 연신 웃음이 나서 잠이 오지 않는다.

사랑은 밀도

한 사람을 오래도록 사랑하다 보면 마음의 형태가 처음과 달라진다. 첫 만남 때의 터질 것 같던 마음과 오늘의 마음을 저울 위에 올려본다면 당연히, 오늘의 마음 쪽으로 기울 것이다. 어설픈 시절의 사랑은 부피는 컸지만, 밀도가 부족했다. 매일매일 터질 것 같았다. 지금은 터질 것 같은 부피는 없어도 지구의 핵보다 무거운 밀도를 갖추고 있다.

사랑은 부피보다 밀도라고, 편지 끝단을 맺었다. 오랜 사랑이 만들어낸 밀도에 고마운 밤.

깊이와 길이

그렇다고 마음의 깊이와 인연의 길이가 꼭 비례한
다는 보장은 없다. 며칠 전에 만났지만 퍼즐 조각
이 꼭 맞는 사람이 있고, 서로의 어린 시절도 알고
있지만 어딘가 자꾸만 어긋나는 사람이 있다. 인
연의 길이를 매번 붙잡아 당겨도 가까워지지 않는
다면 때로는 느슨히 놓을 용기도 필요하다. 삶은
생각보다 짧고 채워야 할 퍼즐 조각은 무수히도
많기에.

돌아간다는 희망으로

기계 장치를 온몸에 낀 채, 다시는 돌아갈 수 없는 세계를 그리워하는 소설을 읽을 때 그 서글픔이 얼마나 깊을지 정확히 이해할 수 없었다. 하지만 이젠 안다. 봄바람을 온 얼굴로 맞으며 만끽하는 세계, 사랑하는 사람의 미소를 바라보며 산책하는 세계, 가장 좋아하는 맛의 아이스크림을 먹으며 걷던 여름의 세계. 이 세계들이 돌아오지 않을 거라는 가정에 이르면 마스크 안에 더운 공기가 찬다.

백화점 아동복 코너를 지나면 상상보다 더 작은 신발과 옷가지들을 마주한다. 이렇게나 작은 옷을 어떻게 입을까 싶고, 입는다는 생각만으로도 귀여워서 솔솔 마음이 녹는다.

이제는 약국에서 처방된 약을 기다리며 비슷한 광경을 본다. 상상보다 더 작은 마스크들.

뿌로로와 타요와 형형색색의 캐릭터가 작게
그려진 마스크들. 유아차에서 곤히 잠든 아기에
게도 꼭 맞는 마스크까지 있다. 이렇게나 작은 마
스크를 어떻게 끼고 다닐까 생각하면 어른이라는
이유 하나만으로 한없이 미안해진다.

 겨울이 지나고 봄이 와도 '새봄'이라는 말을
붙이기 어려운 시간이 이어진다. 희망은 섣부르
다 말하지만, 섣부를수록 더 나아질 가능성은 커
진다. 나는 부디 나와 당신이 꾸준히 희망을 안고
살아갔으면 한다. 여기는 소설 바깥의 세상이니.

이마 위로 장마가

부족하거나 슬픈 서사를 떠안은 인물을 더 좋아한다. 주인공보다는 서브 주인공, 가장 뛰어난 능력의 캐릭터보다는 조금 어설픈 능력의 캐릭터, 찬란한 선보다 외로운 악, 1등보다 3등. 보고 있으면 어쩐지 나와 닮아서 나라도 그들을 좋아하지 않으면 안 될 것만 같다. 항상 빛나고 항상 당당한 서사는 내게 맞지 않다.

어릴 때부터 꾸준했다. 빛나는 것은 빛나는 사람들이 좋아해야 한다는 생각. 누가 내게 그늘로 가득 찼다며 비난하지 않아도, 자진해서 먹구름 한 줌을 이마 위에 얹고 다녔다. 먹구름 밑에선 우는 게 자연스럽다. 햇빛에 바짝 말라 반듯한 친구들에게 가까이 가는 게 불편하고 미안했다.

어제 읽던 소설 속에서 같은 먹구름을 이고 있던 조연이 파편처럼 흩어졌다. 떠날 것 같았지만, 막상 떠나니 더는 책을 읽어낼 수 없었다. 조용히 덮고 이마 위 날씨를 조정했다. 장마가 잠깐 이어질 예정.

가방

어느 기차에 가방을 놓고 내린 꿈을 꿨다. 꿈속에서 나는 왜 이리도 손과 어깨가 가볍나 싶어 연신 몸을 쓸었다. 그러다 가방을 잃어버렸다는 걸 깨달아 걸음을 멈췄고, 한없이 기뻐했다. 이제야 짐을 덜어낸 기분이었다. 나는 즐거이 걸어갔다.

쉼표

통장 잔액이 다섯 자리에서 벗어나지 못할 때는 매일 새벽에 일어났다. 알람이 울리지 않아도 기계처럼 이불을 열어젖혔다. 출근하기 전부터 일을 해놔야 하고, 그래야 퇴근해서도 푼돈을 벌 수 있었기 때문에. 먹지도 입지도 않고 숨만 쉬어도 돈이 우르르 빠져나갔기에 잠과 생을 바쳐 하루를 늘여야 했다. 잔액에 쉼표 하나 더 다는 게 이토록 힘든 일인 줄 남보다 늦게 알았다.

큰 지출이 없는 이상 여섯 자리에 머물기 시작하자 느지막이 눈이 떠진다. 남들이 마신다는 모닝커피도 한잔해보고, 오로지 출근 준비만 할 수 있게 됐다. 그러나 다섯 자리 시절의 고단함이 두려워 더 큰 게으름은 피우지 못한다.

잔액의 쉼표가 사라지지 않게 하려 내 생의 쉼표를 열심히 지운다.

진통제

분노도 정이 있어야 할 수 있는 걸까. 예전엔 하루에도 수번씩 끄집어내어 상상 속 단두대에 세워두던 사람을 어느 순간부터 떠오르지 않게 됐다. 평소처럼 밥을 먹고 평소처럼 커피를 마시고 평소처럼 잠을 잤는데, 잊어버리려 굳이 애쓰지 않았는데 세상에 없던 사람처럼 옅어졌다.

심지어 며칠 전엔 그 사람의 이름 석 자가 갑작스럽게 들렸는데도 아무렇지 않았다. 담담해진 마음으로 지난날의 나를 한 장씩 넘겨보니, 사실은 그 사람을 여전히 기다리던 내가 보였다.

시간이 항상 약이 될 순 없어도, 꽤 괜찮은 진통제는 될 수 있다는 걸 배웠다. 아문 상처 위로 새 살이 덮여 흉조차 남지 않았다.

유한 에너지

욕심은 애정을 연료로 삼는다. 사람이든, 일이든, 설령 그것이 사랑이든. 조금 더 멀리, 조금 더 깊게, 조금 더 나아지게끔 상대를 탐내는 것은 애정 없이 이뤄지지 않는 일이다.

종종 욕심나지 않는 일을 맡는다. 내 욕심을 차단하는 건 대개 상대방의 태도 때문이다. 그럴 땐 상대방이 만족할 만큼만 일을 마무리하고 넘겨준다. 어떻게 하면 더 나아질 수 있는지, 어떤 방식을 더하면 효율적으로 변하는지 등을 굳이 욕심내서 알려주거나 시도하지 않는다. 어차피 내 외침은 무시되거나 가욋일로 취급될 게 뻔하기 때문에.

비슷한 이유로 내게 무례한 사람들과도 부딪치지 않고 조용히 등을 돌린다. 그들은 나와 도저히 연락이 닿지 않는 원인을 내가 겁먹어서, 내가 아파서, 내가 미쳐서 등으로 꼽지만, 애써 바로 잡으려 하지 않는다. 그들의 생각과 마음을 똑바로 고치고 싶은 욕심이 없다.

연료는 언젠가 고갈되고, 고갈되기 전에 좀 더 소중히 쓸 곳이 많다.

잠옷

나에게 사랑은
겨울밤 잠옷을 이불 밑에 넣어
당신의 바깥 옷보다 따뜻하게 데워두는 것.

마지막 상영

언젠가 내 일기를 책으로 묶는 날이 오면 제목을 『마지막 상영』으로 지어볼까 생각도 했다. 우리의 매일은 언제나 처음이자 마지막으로 상영되는 한 편의 영화라 생각한다. 매일 다른 시나리오, 매일 다른 씬으로 구성된 영화.

상영회에 와주셔서 감사합니다. 비판과 지적은 생 내내 받고 있으니 부디 너그럽고 다정한 평론을 부탁드려요. 큰 소리로 웃거나 울어주시면 더욱 좋습니다. 맛있는 것들을 들고 오셨다면 마음껏 드셔요. 맨 앞자리에서 흐느끼는 저 사람은 감독 겸 주연이니 딱히 신경 쓰지 않아도 됩니다.

글 뒤의 장면들.

4부

추천의 말

✳

신원불명 작가의 이야기에 낯 뜨거울 만큼 친근
함을 느꼈다. 삶이 시시한 듯 거만하게 굴다가,
저녁밥도 소화하지 못하고 샤워기를 틀어놓고 울
던 날이 있다. 스스로에게도 명확하게 설명할 수
없던 마음이 책으로 엮어져 있다. 등을 쓸어주는
친절한 문장 덕에 얹힌 감정을 소화했다. 한 장
넘기기도 전에 내 마음과 꼭 닮은 글을 자꾸 만나
버리니, 속에서 하고픈 말이 넘쳤다. 작가의 삶이
담긴 책이지만 읽는 동안 많은 얼굴이 떠오를 것
이다. 안아주지 못했던 유년 시절의 표정이나 멀
어진 인연들이 웃는 모습 같은 거.

　　작가가 슬퍼하는 순간에 똑같은 마음으로 울
어본 적이 있다. 글에서 아름답고 이타적인 마음
이 진하게 느껴질 때마다 걱정이 되기도 했다. 세
상은 우악스러우니까. 삶의 나쁜 변수들이 다정
한 마음을 잡아먹고 트림만 꺽, 해버리면 어쩌나

싶었다. 이어지는 삶의 태도와 단단한 마음가짐에 걱정은 사라지고 밑줄이 그어진다.

작가가 보낸 위로를 저항 없이 맞이하다 보면, 옷깃만 스친 타인에게 다정한 인사를 건네고 싶어진다. 따스한 문장 한 줄씩 아침밥처럼 나눠 먹으면 지구에 쌓인 두터운 슬픔도 조금 가벼워질 텐데. 발자국 하나 없는 구석진 마음에 차분한 문장이 찾아왔다. 소복이 쌓인 슬픔 위로 다정한 글자가 찍힌다. 한 글자 한 글자 따라 읽으면, 어느새 봄은 코앞에 와있겠지.

아침밥을 거르고 살다 보면 다시 무채색 옷을 입고 타인에게 무심해질지도 모른다. 소나기가 멈추면 원래 가려던 길로 떠나야 하니까. 그렇지만 이 책을, 작가의 삶을 쉽게 좋아해 버렸으니까. 맑은 날에도 젖은 발자국을 찍어내는 당신에게. 어럽게 용기 내어 이 책을 건네고 싶다. 소나기가 언제 올지 모르니, 마음에 늘 품고 다니라고.

연정 작가

『내일은 내일의 해가 뜨겠지만 오늘 밤은 어떡하나요』,
『섹시한 슬라임이 되고 싶어』저

✳

아이스 아메리카노를 주문합니다. 유리잔에 담긴 얼음이 부딪히는 소리를 내면서 냅킨 한 장과 함께 테이블 위에 올라옵니다. 기온에 스며들며 얼음이 모서리를 잃어가는 동안, 그 아래 깔린 냅킨은 온도 차가 만든 물기에 잔잔히 젖어 듭니다. 지난 식사의 흔적을 깔끔하게 지워내고 점차 눈빛은 또렷해지고 그렇게 대화를 계속하는 동안 유리잔 모양은 그대로 냅킨에 도장처럼 남습니다. 제게는 구슬기 작가의 글이 이 모든 장면처럼 와 닿았습니다.

쌉쌀하고 차가운 이야기가 맑고도 진한 작가의 시선을 지나 의도치 않은 위로로 와닿습니다. 자신의 슬픔과 상처 위에 연고를 덧바르지 않고 가만히 매만지다가 문득 작가의 위로는 시작됩니다. 슬픔의 안개를 지나온 사람이면서 동시에 여전히 지나가는 중인 사람만이 전할 수 있는 솔직

한 이야기를 가지고 말입니다. 아무것도 끝나지 않았지만 끝을 몰라도 괜찮다고, 그런 너여도 괜찮다고, 왜냐면 나도 나인 채로 흐르고 있다고 그는 말합니다. 책 한 권을 통해 그의 이야기를 지나다 만나는 것은 나였다가 당신이었다가 이름 모를 사람입니다. 그중 누구도 낯설지 않습니다. 우리는 모두 이 책 안에 담겨있다가 이 책을 손에 쥐고 있기도 합니다.

언제 올지 모를 로또 1등보다 오늘의 말린 꽃 한 다발이 더 가까운 행복임을 알고 있는 작가 덕분에 우리는 그의 글을 통해 바람보다는 현재에 가까운 사람이 될 수 있을 겁니다. 그리고 요란하지 않은 위로를 등에 업고 오늘 더 꾹꾹 눌러 담은 걸음으로 천천히 나아갈 수 있게 됩니다.

손끝에 묻은 그을음, 입가에 묻은 식사의 흔
적, 테이블에 남은 먼지 같은 출처 모를 부스러기
들을 유리잔 물기에 잔잔히 젖은 냅킨으로 깨끗
이 닦아내면, 아무것도 해하지 않은 채 말끔해지
곤 합니다. 마음에 남은 어떤 잔해들을 구슬기 작
가의 글로 슥 닦아내 보시길. 희미하게 남은 물자
국이 되레 반가워질지도 모릅니다.

진서하 작가

『돌아오는 새벽은 아무런 답이 아니다』,
『상온보관의 마음』 저

나가며

대단하지도 않을 글을 쓰면서 무슨 고민을 이토록 오래 했는지 모르겠어요. 살아있길 잘했다는 생각을 자주 할 수 없는 세계지만, 어쨌든 살아있어야 생각도 가능해서 최대한 살아보고 있습니다. 그렇게 살다 보니 제 책을 내는 날도 왔네요 정말.

여전히 어렵게 사랑하고 쉽게 미워하는 제가, 기특하진 않아도 외면하지 않으려 해요. 보고 싶다는 말을 불쑥 꺼내기 어려워 후- 한숨을 쉬어봅니다. 대기는 지구를 꾸준히 돌 테니 제 숨도 언젠가는 그곳에 닿지 않을까요.

생애 2가 가장 많은 날,
구슬기 드림

쉽게 사랑하고 어렵게 미워하고 싶지만

초판 1쇄	2022년 2월 22일
6쇄	2024년 11월 1일

지은이	구슬기
편집·디자인	희석

펴낸곳	발코니
전자우편	heehee@balconybook.com
인스타그램	@balcony_book

제작처	DSP(www.dsphome.com)

ISBN	979-11-92159-01-0 (03810)
값	10,900원